별의 일기

와일드북은 한국평생교육원의 출판 브랜드입니다.

별의 일기

초판 1쇄 인쇄 · 2024년 11월 25일
초판 1쇄 발행 · 2024년 11월 30일

지은이 · 이로작가
발행인 · 유광선
발행처 · 한국평생교육원
편　집 · 유지선
디자인 · 박형빈

주　소 · (대전) 대전광역시 유성구 도안대로589번길 13 2층
　　　　　 (서울) 서울시 서초구 반포대로 14길 30(센츄리 1차오피스텔 1107호)
전　화 · (대전) 042-533-9333 / (서울) 02-597-2228
팩　스 · (대전) 0505-403-3331 / (서울) 02-597-2229

등록번호 · 제2018-000010호
이메일 · klec2228@gmail.com

ISBN 979-11-92412-85-6 (03810)
책값은 책표지 뒤에 있습니다.

잘못되거나 파본된 책은 구입하신 서점에서 교환해 드립니다.

별의 일기

이로작가

와일드북
WILDS

뾰족한 별은 늘 뭉툭한 구름을 찾아 헤매지만
어둠은 구름을 보지 못하게 별의 눈을 가렸습니다.
그런데 저는 이미 구름을 찾았습니다.
뭉툭한 구름이 뾰족한 저를 품어 주었습니다.

그러니 다시 숨바꼭질이 시작돼도 이젠 슬프지 않습니다.

별의 일기

저는 책을 싫어합니다. 왜냐고요?

거만한 글자들은 늘 저를 무시했거든요. 책에 쓰이는 순간 자기들이 주인공이라도 된 것처럼 텃세를 부리더군요. 맞는 듯 맞지 않는 듯 아슬아슬하게 촘촘한 간격을 유지하는 줄 위로 꽉 들어찬 글자들은 뭐가 그리도 당당한지 허리를 꼿꼿이 세우고는 자신만만한 표정을 지어 보이는데, 그 꼴을 보고 있자니 세상이 빙글빙글 돌아갈 것 같아 얼른 책을 덮어버리곤 했습니다. 하얀 백지만 보이면 냉큼 달려야 한 자리를 차지하고 마는 심보 좋은 글자들 덕에 외곽으로 밀려난 여백은 비좁은 공간에서 있어야만 했죠.

　아, 그래도 어른들에게는 '저는 책을 싫어하는 사람입니다.'라고 저를 소개해서는 안 됩니다. 그건 마치 '저는 이상한 사람입니다.'라고 하는 것과 같거든요. 어른들은 긍정적이어서 싫어하는 것보다는 차라리 좋아하는 것을 말해주는 걸 좋아합니다.

　그래서 저는 이렇게 바꾸었습니다. '저는 글씨들 옆에 밀려나 있는 불쌍한 여백을 좋아하는 사람입니다.'라고요. 무슨 이유에서인지 어른들은 이 대답도 그리 달가워하지는 않더군요.

　그렇다고 좋아하지 않는 것을 좋아한다고 대답해서도 안 됩니다. 어른들은 너무 정직해서, 거짓말은 좋아하지 않거든요. 꼭 거짓말을 하면 어른들은 자신이 바로 잡아줘야 한다는 책임감을 느껴버리곤 합니다.

　결국 저는 늘 이렇게 답을 했습니다.

"저는 나중에 크면 꼭 책을 만들고 싶어요."

"아주 훌륭하구나."

사실 제가 만들고 싶은 책은, 표지 외엔 단 한 글자도 들어설 수 없는, 속지라고는 전부 흰 종이로 가득 찬 아주 무시무시한 책입니다. 하지만 그 누구도 저에게 어떤 책을 만들 건지까지는 물어보지 않았으니, 제 대답도 거짓말이라고는 할 수 없는 셈입니다.

아마 진짜 그런 책이 있다면 어른들은 책을 보기도 전에 덮어버리고 말 겁니다. 그리곤 이렇게 이야기하겠죠.

"이건 이상한 책이야."

어른들은 참 똑똑해서, 책을 보지도 않고 어떤 책인지 맞추더군요. 마치 제가 어떤 책을 쓸 건지 말하기도 전에 훌륭하다고 평가했던 것과 다른 바 없습니다. 그럼 저는 훌륭한 사람이고, 저의 책은 이상한 책이 되어 버렸네요.

훌륭한 사람이 쓴 이상한 책

이 책을 읽어줄 이가 과연 있기나 할까요? 만약 제가 그런 책을 읽는다면, 첫 페이지부터 저를 반겨주는 하얀 배경에 먼저 반갑다며 인사를 나누고 싶습니다. 그리고 반가운 흰 배경을 맞이하기 위해 펜을 잡고 모든 것을 집어삼키는 블랙홀을 그려야겠습니다. 블랙홀은 매우 그리기 쉽거든요. 배경이 하얀색이라면 더 그렇습니다. 검은 우주 위 검은 점 하나를 찍으면 나만의 1호 블랙홀이 완성됩니다. 이게 어떻게 블랙홀인지 아느냐고요? 블랙홀 주위를 밝은 흰색으로 칠하면 가운데 남겨진 점은 자동으로 블랙홀이 될 수 있습니다. 만약 시간이 더 있다면 블랙홀의 지평선도 상상으로 그려내 종이에 담아줍니다. 물론 블랙홀을 직접 본 적은 없지만, 제가 그린 특별한 이 블랙홀도 우주에 존재하는, 그리고 존재했을 무수히 많은 별 중 하나가 된 셈입니다. 지구도 그런 별 중 하나이니까요.

마지막으로 완성된 블랙홀 옆에 이런 문구를 넣어주면 더 좋습니다.

"Abandon hope all ye who enter here"
(여기에 들어오는 자 모두 희망을 버리라)

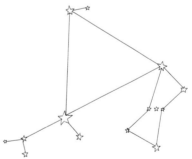

만약 제게 흰 종이가 있다면, 자연과 대화할 수 없는 똑똑한 글자들 대신 저만의 특별한 블랙홀 그림으로 가득 채우고 싶습니다. 사람들은 이상하다 손가락질해도 그게 저에겐 가장 멋진 책이니까요.

참 아쉽네요. 제게 책이 왜 싫은지 물어봐 주는 사람이 있었다면, 글자들이 얼마나 매섭게 절 노려봤는지 자세하게 설명해 줄 수 있는데 말이죠. 그 누구도 제가 책을 싫어한다고 말하면 더 이상의 질문은 이어가지 않았습니다.

그래도 어떤 책을 만들고 싶은지 물어봐 주는 당신이 있어 참 다행입니다. 앞으로 당신을 Mr. P5라고 부르겠습니다. 생색내는 건 아니지만 저는 특별한 이에게만 숫자를 붙여주죠. 저에게 책이 싫은 이유를 물어봐 준 건 이번이 딱 5번째거든요. 제가 블랙홀 얘기를 꺼낸 것도 참 오랜만입니다.

과연 이 세상에 존재하기나 할까요.

품을 수 없었던 별과 빛으로 남겨진 별의 메시지. 그걸 볼 수 있는 사람이 말입니다. Mr. P5 씨, 특별히 당신께만 들려드리도록 하죠. 너무 생생해 절대 잊을 수 없는 별과의 소중한 추억을요.

별의 일기

사람들은 늘 자연과 제가 나누는 대화를 이해하지 못했습니다. 교과서에서는 별이 말을 한다거나, 바다가 길을 내어준다든가 하는 소설에나 나올 법한 이야기를 가르쳐 주지 않았거든요.

구름은 늘 산 위에 앉아 있었지만 제가 그렇게 말할 때면 사람들은 저를 이상한 눈으로 쳐다봤습니다. 저는 있는 그대로를 보고 말한 것뿐인데도 말이죠. 저는 책 속 글씨들처럼 정직하고 똑똑한 이들과 늘 논쟁을 벌이곤 했습니다. 늘 이 논쟁의 끝은 제가 이상한 사람이라는 결론으로 마무리를 짓는다는 것을 알지만 그래도 소심한 반박을 이어갔던 이유는, 애써 구름을 위해 의자로 변신한 산의 수고를 저라도 알아주고 싶었기 때문이었죠.

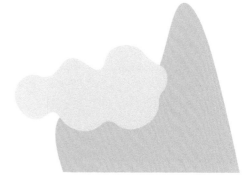

"너는 왜 항상 말도 안 되는 소릴 하는 거니? 사람은 '아프다.', 물건은 '고장 났다.'. 이렇게 구분해서 말해야 맞는 표현이라니까."

"왜 물건은 아플 수 없는 거죠?"

"물건은 느낄 수 없기 때문이야. 살아 있지 않으니까. 느낄 수 있는 존재한테만 아프다고 표현해야 하는 거야."

"그럼 식물은요? 햇빛이 드리우면 기다리기라도 한 듯 고개를 내밀어 주잖아요."

"식물은 안 돼. 식물은 감정이 없으니까."

"그럼 바다는요? 작은 물고기조차도 넓은 바다를 여행할 수 있게 늘 길을 내주잖아요. 틀림없이 작은 것들의 외침도 집중하고 싶다는 의미일 거예요."

"그것도 안 돼. 바다가 어떻게 아플 수 있지? 바다는 그냥 커다란 물 덩어리일 뿐이야."

저는 속으로 조용히 외쳤습니다.

'바다를 커다란 물 덩어리라고 하는 당신은 커다란 탄소 덩어리일 뿐이야!'

바다는 커다란 물 덩어리라는 충격적인 대답을 들은 이후 저는 더 이상 사람들과 대화하지 않았습니다. 저는 그들처럼 똑똑하지 않았거든요. 누군가 제게 말을 걸 때면 굳게 닫힌 마음의 문을 더 단단하게 잠그고 아무도 그 속을 볼 수 없도록 검은색으로 제 마음을 칠해버렸습니다.

큰물 덩어리

저는 매일 기도했습니다. 매일이라고 하면 한 달에 30번씩, 일 년이면 365번이라고 계산해 버리는 똑똑한 누군가가 세상엔 많지만 무언가를 간절히 원해본 사람은 하루를 24시간이 아닌 86,400초라고 계산할 수도 있습니다. 아마 그런 사람이 있다면 해가 뜨는 시간은 별이 잠드는 시간이라고 말해도 전혀 이상할 게 없는 사람일 겁니다.

86,400초간 변하지 않은 저의 딱 한 가지 소원,

"단 한 번이라도 별을 만나 대화할 수 있게 해주세요."

"그리고 이왕 별을 볼 수 있다면 지구로부터 약 8.6광년 떨어진 시리우스 별을 보게 해주세요. 그리고 A가 아니라 B로 보여주셨으면 해요. 시리우스 B는 마음으로 보아야만 볼 수 있으니까요."

"그리고 제가 만약 그곳에 갈 수 있다면 저는 큰개자리의 꼬리를 조금 더 늘려줄 겁니다. 꼬리가 짧은 것이 꼭 옷을 한쪽만 걸친 느낌이라서 말이죠."

이렇게 멋들어지고 구체적으로 꿈을 말해줘야 사람들은 제가 진짜 이상한 사람인 줄 알고 더 이상 가식적인 호의조차 베풀지 않았습니다. 오히려 잘된 일이죠. 어차피 더 얘기해봤자 그들은 빛나는 별을 보며 아프겠다고 표현하지는 못할 테니까요.

하늘은 매일 두 번씩 색을 바꾸는 신기한 연극을 펼쳤습니다. 그리고 사람들은 원하든 원하지 않든 이 연극의 주인공으로 참가해야만 했죠. 오후가 되면 해가 주인공이 되어 당당하게 자신의 무대를 즐겼습니다. 이로 인해 생긴 그림자는 제가 가장 반가워하는 여백 공간이었습니다. 하지만 저녁이 되면 무대에 검은 커튼이 내려왔고 이와 함께 내려온 별들이 밝은 밤하늘을 선사해 주었습니다.

사람들은 이 빛을 좋아했습니다. 대본상으로는요. 저는 그림자 없는 이 밤이 그리 달갑지만은 않았습니다. 어둠을 등지고 싶었지만 밤만 되면 어김없이 짙은 어둠 속 덩그러니 놓인 제 모습이 항상 초라하게 보였기 때문입니다.

그래서 저에겐 별이 필요했습니다.

어둠 속 빛나는 별, 단 한 번이라도 별을 만날 수만 있다면 어떻게 그렇게 반짝일 수 있는지 꼭 물어보고 싶었습니다. 별과 함께라면 저도 덩달아 빛날 수 있을 테고 별에게 빛의 비결을 듣기만 한다면 저도 더 이상 어둠 속 제 모습을 초라하게 느끼진 않을 테니까요. 그럼 사람들에게도 제가 더 잘 보일 거라고, 만약 그렇게 될 수만 있다면 저를 이상한 사람이라고 말했던 이들에게 별을 만났다며 꼭 자랑하고 싶었습니다.

그들은 저의 소원을 듣고는 집에 가서 꿈이나 꾸라며 저를 비웃었습니다. 그들에게 바다는 그저 커다란 물 덩어리일 뿐이니까요.

이런 비웃음 속에서도 저의 소원은 늘 변하지 않았습니다. 하루를 86,400초라고 느낄 만큼 간절히 원했습니다. 하지만 안타깝게도 별은 항상 저를 찾아내지는 못했습니다. 저는 별처럼 빛나지 않기 때문에 어둠이 내리면 보이지 않았습니다. 뒤늦게 찾아온 아침에 얼른 햇빛을 빌려 제가 여기 있다고 소리쳤지만 이미 한발 늦은 후였죠. 미련인지 모를 희망에 아직 남아 있을 별을 찾기 위해 손을 흔들며 별을 부를 때면, 사람들은 모두 매서운 눈초리로 저를 바라보며 한목소리로 외치곤 했습니다.

"사람은 별을 만날 수 없어! 넌 이상한 사람이야!"

여느 때처럼 똑같이 창가에 기대 별을 찾고 있을 때, 누군가가 저를 찾아왔습니다. 늘 제자리에 있지만 모양이 바뀌는 마법사, 아니 구름이 저를 불러 이야기를 건넸습니다.

"내가 별을 만나는 방법을 알려줄까?"

구름의 속삭임은 조용히 왔다 가는 새벽 단비보다도 가볍고 빨랐습니다. 저는 망설이지 않고 즉시 대답했죠.

"부탁이야, 나에게 방법을 알려줘!"

구름은 다시 한번 말을 꺼냈습니다. 저는 바람의 스침을 놓칠까 두려워 귀를 쫑긋 세우고 그 소리에 집중했습니다. 다행히도 구름은 아까보다는 조금 더 묵직하게 제 귀에 답을 해주었습니다.

"매일 밤 12시 새벽을 알리는 세 번의 종소리를 기억해. 별은 늘 구름과 숨바꼭질을 하자며 졸라대곤 하는데, 그 종소리와 동시에 숨바꼭질이 시작되거든. 때론 별들이 사람들이 사는 곳까지 내려올 때도 있어. 평소보다 밝은 밤이 네게 찾아온다면, 그때 창문을 열고 별을 찾도록 해. 그럼 분명 별과 만날 수 있을 거야."

구름은 표정을 무섭게 하고 한 마디를 덧붙였습니다.

"하지만 주의해야 할 것이 있어. 별을 품어서는 절대 안 돼. 그럼 너에게도 빛이 사라지고 말 테니까."

"걱정하지 마. 나는 단지 별에게 묻고 싶은 게 있을 뿐이야. 별이 내 물음에 답해주기만 한다면 나는 더 이상 별을 만날 필요도 없을 거야."

"명심해"

구름은 마지막 주의를 준 후 다시 모양을 바꾸었습니다. 길게 퍼지는 걸 보니 산에 올라가 잠을 청하려 드는 것 같았습니다.

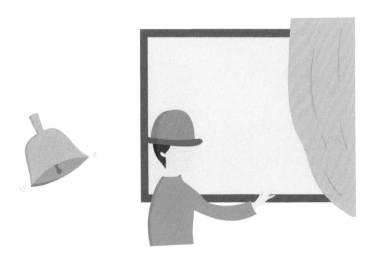

　다음 날, 저는 아침부터 창문을 보며 밤이 되기만을 기다렸습니다. 정확히 말하자면 밤이 아니라 밤과 함께 내려올 별을 기다렸죠. 평소 밤은 빨리 찾아왔지만, 그날만큼은 여유를 부리며 천천히 내려와 제 마음을 조마조마하게 하더군요. 다가온 어둠에 사람들은 하나둘 조명을 가져와 해님의 빈자리를 대신하기 시작했습니다. 그 조명은 눈이 따가울 만큼 밝았지만 제 마음까지는 비칠 수 없었습니다. 12시, 구름이 말한 시간이 점점 다가왔습니다.

　땡, 땡, 땡

12시 정각에 울린 세 번의 종, 구름이 말한 새벽종이 확실했습니다.

저는 곧바로 창문을 열고 숨어 있는 별들을 찾기 시작했습니다. 사람들이 켜 놓은 밝은 조명이 이를 방해했지만 저는 확신할 수 있었습니다. 별빛을 보면 분명 알아볼 수 있을 거라고 말이죠. 매일 밤하늘을 보며 혼자 이 보물찾기를 연습해 왔으니까요.

얼마 후, 창가 옆 맞닿은 나뭇잎 사이 희미한 빛이 반짝였습니다. 이 빛은 사람은 도저히 만들어 낼 수 없는 아름다운 조명 같았습니다.

'별빛은 숨길 수 없어. 저건 별이 확실해.'

설레는 마음을 부여잡고 저는 손을 뻗어 살포시 나뭇잎을 들췄습니다. 혹여 뾰족한 나무에 걸려 상처가 날까 염려되어 아주 조심스럽게 움직였죠.

"별을 찾았어!"

나뭇잎 사이 작은 별 5개가 옹기종기 모여 있었습니다. 별은 저를 보고도 도망가지 않았습니다. 저는 마음을 가다듬고 그토록 궁금했던 질문을 꺼냈습니다.

"어떻게 해야 별처럼 빛날 수 있니?"

"나도 너희처럼 어둠 속에서 빛을 품을 수 있다면 틀림없이 사람들이 나를 찾을 거야. 그럼 바다는 커다란 물 덩어리라고 생각했던 고집쟁이 아저씨도 내게 미안하다고 사과하겠지? 부탁이야, 나도 아름답게 빛나는 방법을 알고 싶어."

별빛은 서로 눈빛을 주고받았습니다. 저에게 방법을 알려줘도 저는 해낼 수 없을 거라고 생각하는 듯한 눈치였습니다. 가장 큰 첫째 별이 결심한 듯 먼저 입을 열었습니다. 저는 별이 하는 말에 집중했습니다.

"눈을 꼭 감고 3초 후 천천히 다시 뜬다면 나처럼 빛날 수 있을 거야."

저는 곧바로 눈을 감았습니다. 하나, 둘, 셋. 3초 후 저는 눈을 떴습니다. 저는 몸 구석구석을 살폈습니다. 아무리 봐도 저는 조금도 빛나지 않았죠. 눈앞에 놓인 밝은 별의 빛들이 덩달아 저까지 빛내 주었지만 저 스스로는 빛나고 있지 않음을 느낄 수 있었습니다. 이 별들이 떠나면 사라진 별이 저의 빛도 함께 가져가고 말 것임을 확신했죠. 저는 첫째 별에게 되물었습니다.

"아무 일도 일어나지 않았어. 지금 내 옆에 있는 빛들은 내 것이 아니잖아."

첫째별은 저를 한심한 듯 바라보며 말했습니다.

"눈을 감고 3초 후 다시 떠야 해. 하지만 너는 아직도 눈을 감고 있잖아. 눈을 감고 어떻게 빛을 본다는 거니? 계속 눈을 감고 있는 이상 절대 빛날 수 없어."

첫째별은 빛과 함께 떠나고 말았습니다. 저는 첫째 별의 말을 이해할 수 없었습니다.

저는 둘째 별에게 다시 물었습니다.

"첫째 별의 방법으로는 빛나지 않아. 부탁이야, 어떻게 해야 내가 빛날 수 있는지 내게 말해줘. 나는 별을 만나 빛나게 된 모습을 사람들에게 보여줘야 해. 그래야 사람들이 내 말을 믿어줄 거야."

고민하던 둘째 별은 걱정 가득한 말투로 답해주었습니다.

"좋아. 주먹을 세게 쥐었다가 천천히 펼치면 별처럼 빛날 수 있어."

저는 있는 힘껏 주먹을 쥐고 별의 말대로 서서히 펼쳤습니다. 그러고는 곧바로 몸 구석구석을 살폈습니다. 하지만 조금도 달라진 것은 없었습니다. 저는 실망 가득한 목소리로 물었습니다.

"이게 어떻게 된 거야. 주먹을 쥐었다가 폈는데도 아무 일도 일어나지 않잖아. 나는 조금도 밝아지지 않는걸?"

둘째별은 이 상황을 예상이라도 한 듯 저에게 답했습니다.

"주먹을 쥐었다가 다시 펴야 해. 하지만 아직도 주먹을 쥐고 있잖아. 사람들은 주먹을 꽉 쥐고 있으면서 항상 주먹을 풀고 있다고 말하지. 참 이상해. 지금처럼 힘을 주고 있으면 계속 빛날 수 없을걸?"

둘째 별도 그렇게 자리를 떠나고 말았습니다.

빛과 함께 떠나가 버린 별들은 저를 점점 더 어둠으로 내몰고 있었습니다. 저는 둘째 별이 한 말이 이해되지 않았습니다. 다른 별들마저 떠나버릴까 하는 노파심에 저는 얼른 고개를 돌려 셋째 별에게 다시 물었습니다.

"나에게 진실을 알려줘. 어떻게 해야 별처럼 빛날 수 있지? 나는 거짓말을 원하지 않아."

셋째별은 오히려 화를 내며 저에게 말했습니다.

"거짓말을 한 건 바로 너야. 지금 솔직하지 않게 말하고 있어."

"그게 무슨 소리니? 너의 말이 이해되지 않아."

"빛을 내는 방법을 알고 있는데도 자꾸 다른 행동을 하고 있잖아."

"나는 그대로 따라 했는걸?"

셋째별은 혀를 끌끌 차며 대답했습니다.

"내 말이 틀리지 않았다는 걸 보여주지. 숨을 크게 들이마신 뒤 다시 길게 내뱉도록 해. 끝까지. 그리고 천천히. 그러면 나처럼 빛날 수 있어."

저는 그대로 따라 했습니다. 셋째별의 건방진 태도는 제 자
존심을 건드렸지만 저에겐 이를 신경 쓸 만큼의 여유가 없었습
니다. 빨리 저의 빛을 사람들에게 뽐내고 싶었기 때문이었죠.

저는 최대한 깊게 숨을 들이마셨습니다. 주변에 사람이 있다면 산소가 부족해 호흡하지 못할 만큼이나 크고 깊게 몸속에 공기를 가득 채웠습니다. 기침이 나올 것 같았지만 꾹 참고 천천히, 그리고 길게 다시 내뱉었습니다. 저는 내심 기대하는 마음으로 제 모습을 살폈습니다. 하지만 역시나 아무것도 변하지 않았죠. 저는 화가 났습니다.

"네가 하라는 대로 했지만 내겐 아무 일도 일어나지 않았어. 이래도 거짓말이 아니라고 할 수 있니?"

별은 떠날 채비를 하며 오히려 더 당당하게 대답했습니다.

"내가 말했지? 너는 아직 숨을 참고 있어. 지금 거짓말을 하는 거야. 너 스스로를 속이면 절대 빛을 내지 못하는 법이니까."

저는 대답하지 않았지만 셋째 별은 알 수 없는 말을 남긴 채 그만 저를 떠나고 말았습니다.

"모두 내게 거짓말을 했어. 별은 스스로 빛을 내지만 정작 빛을 내는 방법을 알지 못해. 이런 방법들로는 절대 빛날 수 없어. 나는 사람들에게 또다시 이상한 사람이라고 손가락질받고 말 거야. 아무도 내 말은 믿어주지 않겠지. 사람들은 앞으로도 바다를 커다란 물덩어리라고 부를 거야. 그리고 구름은 마법사가 될 수 없다고 할 거야. 내가 그렇지 않다고 말하면 모두 나를 거짓말쟁이라고 할걸?"

보고 있던 넷째 별이 조심스레 제게 다가와 말을 건넸습니다.

"내가 빛날 수 있는 방법을 알려줄게. 그건 바로 구름을 만나는 거야. 구름은 온 지구를 가득 메울 수 있지만 밤이 되면 사라져서 별을 더 빛내주거든. 너도 만약 구름을 만난다면 별처럼 빛날 수 있게 될 거야."

넷째 별의 말은 뭔가 믿음이 갔습니다.

"하지만 나는 늘 구름을 만났는걸. 비록 항상 멀리 있었지만 어제는 우리 집 창가까지 찾아온 구름과 이야기도 나눴지. 하지만 내겐 아무 일도 일어나지 않았어."

넷째별은 단호하게 대답했습니다.

"너는 아직 구름을 만나지 못했어. 네가 만난 건 구름이 아니야."

알 수 없는 말을 남긴 채 넷째별마저 빛과 함께 사라졌습니다.

"모두가 나를 떠났구나. 별이 사라진 밤은 어울리지 않아. 모두 나를 속이고 떠났어. 별은 태어날 때부터 빛을 가져서 정작 빛을 내는 법을 알지 못해. 아마 자기들이 가진 빛이 내겐 얼마만큼이나 소중한지 알지 못할 거야. 별도 하루를 24시간으로만 바라보는 그 사람들과 다를 바가 없어."

그때 고개만 배꼼 내밀고 있던 수줍은 다섯 번째 별이 모습을 드러냈습니다.

"너도 다른 별처럼 가버릴 거니?"

"그래, 너도 내게 거짓말을 할 거라면 그냥 가도 좋아."

아기별은 저를 가만히 바라보았습니다.

"네가 만약 가지 않을 거라면, 내게 알려주겠니? 너처럼 작지만 밝게 빛날 수 있는 방법을 말이야."

별은 또다시 아무 말도 하지 않았습니다. 저는 별을 기다렸지만, 별은 끝내 답해주지 않았습니다.

"네가 나에게 답을 주지 않는다면, 너는 나에게 필요하지 않아."

저는 창문을 내리고 굳게 잠갔습니다. 평생의 소원인 별을 만났지만 저는 빛날 수 없었죠. 그렇게 저의 환상은 깨지고 말았습니다. 이제는 자연과 대화하지 않을 거라며 굳게 잠긴 창문과 함께 제 마음도 굳게 닫아버렸습니다.

다음 날, 똑같은 밤이 찾아왔습니다. 땡, 땡, 땡. 별과 구름이 숨바꼭질을 시작하는 12시가 되었지만 저는 창문을 열지 않았습니다.

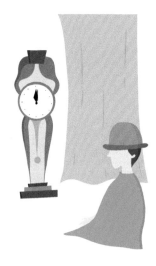

'거짓말하는 별들은 내게 필요하지 않아. 별들도 나를 비웃고 있는 거야.'

유리창 넘어 밝은 빛이 반짝였습니다. 밤은 이렇게 밝을 수가 없었지만 유독 이상하리만큼 환했습니다. 저는 궁금한 마음에 창문을 열고 밖을 내다봤습니다. 숨길 수 없는 빛, 어제 봤던 별빛이 집 앞에 가득했습니다. 그곳에는 수줍은 아기별이 혼자 덩그러니 놓여 있었습니다. 저는 반가운 마음에 곧바로 말을 건넸습니다.

"오늘은 내게 답을 주기 위해 왔구나. 말해주렴. 어떻게 해야 너처럼 밝게 빛날 수 있는 거니?"

저는 아기별을 믿었습니다. 다시 저를 찾아와 주었기 때문이죠. 아기별이 데려온 빛은 어제보다도 더 밝아 보였습니다. 마치 저도 자신처럼 빛날 수 있다는 자신감을 주려는 듯싶었습니다. 저는 아기별의 대답을 기다렸습니다.

하지만 아기별은 대답하지 않았습니다. 그저 그 자리에서 눈부시게 빛나는 것 외엔 아무 말도 저에게 해주지 않았습니다. 아기별은 저에게 빛을 내는 법을 알려주기 위해 온 것이 아니라 자신의 빛을 그저 뽐내러 온 것 같았습니다. 저는 화가 나 아기 별에게 말했습니다.

"만약 오늘도 대답해 주지 않을 거라면 이만 돌아가도 좋아. 네가 뿜어내는 이 빛이 내 눈을 아프게 하고 있잖아."

저는 빛을 원했지만 답해주지 않는 아기별이 너무 미웠습니다. 그래도 별은 가지 않고 그저 가만히 저를 바라보고 있었습니다.

다음 날도, 다음다음 날도 매일 아기별은 저를 찾아왔습니다. 평소와 다른 밝은 밤이 창가에 드리울 때면, 보지 않아도 저는 아기별이 왔음을 짐작할 수 있었습니다. 저는 내심 아기별이 저에게 말을 건네주기를 기다렸지만 별은 항상 그저 저를 바라만 볼 뿐 아무 말도 해주지 않았습니다.

매일 찾아오는 그 별에 대해 궁금한 것이 많았지만 저는 아무것도 알 수 없었습니다. 한 가지, 제가 아기별에게 모진 말을 내뱉을 때 빛이 조금씩 약해진다는 것 말고는.

어둠이 짙은 밤 또다시 어울리지 않는 밝은 빛이 창가에 드리웠습니다. 저는 창문을 열고 아기별과 같이 그저 가만히 서로를 바라보았습니다. 저를 바라보는 아기별의 눈빛은 단지 자신의 빛을 뽐내기 위함은 아닌 듯 보였습니다. 어쩌면 저에게 하고 싶은 말이 있지만 말하지 못하는 것일 수도 있다는 생각이 들더군요. 저는 아기별에게 물었습니다.

"혹시 말을 할 수 없는 거니?"

별은 또다시 대답하지 않았습니다. 저는 별이 말하지 못한다는 사실을 확신했습니다.

"나에게 하고 싶은 말이 있구나."

별은 대답하지 않았지만 제 말이 바르다고 말하고 싶어 하는 것 같았습니다. 저는 다시 한번 아기별에게 말을 건넸죠.

"내가 말할 수 있게 도와줄게. 대신 너는 내가 빛날 수 있도록 도와주겠니?"

별은 서서히 밝게 빛나기 시작했습니다.

"밝게 빛나는 걸 보니 좋다는 뜻이구나. 좋을 땐 지금처럼 더 밝게 빛나줘. 내가 알아들을 수 있게."

"우린 앞으로 빛으로 대화하는 거야."

별은 밝게 빛났습니다. 제가 본 것 중 가장 반짝이게.

저는 말할 수 없는 아기별을 도와주기로 했습니다. 어둠이 내리는 밤이면 매일 밤 아기별이 저를 찾아왔습니다. 아기별은 항상 창문을 두드리지도 말을 하지도 않았습니다. 그저 창가에 밝은 빛을 비춰주며 자신이 왔다는 것을 저에게 알려주었습니다. 어느덧 아기별과 보내는 시간이 익숙해져 저도 모르게 아기별이 오는 시간이 되면 창가를 바라보았습니다. 우리는 말하지 않았지만 서로에 대해 알 수 있었죠. 저는 별이 말할 수 있도록 늘 옆에서 말을 건넸습니다.

"선인장에 물을 주지 못해서 선인장이 말라버렸어. 나는 사실 선인장을 좋아하는데, 선인장이 늘 내 옆에 있기를 바랐는데…. 만약 다시 선인장이 살아난다면 내가 물을 주지 못한 건 네가 미워서가 아니라 처음 보는 가시가 나를 찌를까 봐 단지 두려웠을 뿐이라고 꼭 말해주고 싶어."

"마음도 앳되다고 표현할 수 있다면

그 단어를 너의 마음에 주고 싶어."

"즐거운 것과 행복한 건 달라.

행복은 쉽게 사라지지 않거든."

"네가 불어주는 바람이 햇빛보다도 따듯해서

눈을 감지 않아도 되겠어."

"아직 물들지 않은 기억이 노을에 반짝이면 해가 져도

바다는 빛날 수 있을 거야. 그게 바로 노을이야."

"이상하게도 너는 노을을 본 적이 없었지만 나는 너를 볼 때마다 노을빛이 보였어. 사라질 때는 아쉽지만 아름다운 노란빛이 내 마음을 위로한 거야. 너무 눈부셔서 사라진 뒤에도 내 마음에 빛을 남겼나 봐. 내일도 찾아올 거라고 아쉬움을 달래 주곤 했지."

"'갑자기'와 '어울림' 두 단어로 문장을 만들어 봐.

아마 대부분 갑자기 만난 네가 나와 잘 어울려서 좋다고 말

할 거야. 나는 이렇게 말하고 싶어."

'나와 어울리던 네가 갑자기 떠날까 봐 두려워.'

아기별은 늘 대답하지 않았지만 저는 듣지 않아도 느낄 수 있었습니다.

제가 위로를 바랄 땐 괜찮다고,

제가 무너질 때면 힘을 내라고,

제게 즐거운 일이 있을 땐 자신도 기쁘다고 말해주었습니다.

어느 순간부터 저는 길을 걸을 때도, 일할 때도 오늘 밤 찾아온 아기별에게 무슨 이야기를 들려줄지 생각하며 행복한 고민에 빠져들곤 했습니다. 아기별은 제가 기뻐하면 함께 즐거워했고, 제가 슬퍼하면 빛이 약해졌습니다. 저는 아기별이 슬퍼하는 모습을 보고 싶지 않았습니다. 저는 그림자를 벗어나 이곳저곳을 다니며 아기별이 보지 못했을 따듯한 오후 세상을 눈에 담아왔습니다. 별은 검은색 바다밖에 보지 못하니까 제가 들려주는 푸른 바다 이야기는 별이 가장 좋아하는 주제 중 하나였죠. 저도 별을 통해 보는 세상이 그리 나쁘지만은 않았습니다.

별은 늘 제게 빛으로 말을 건넸습니다. 저는 별에게 빛으로 대화하는 법을 배울 수 있었습니다.

하지만 별은 아침이 되면 떠나야 했습니다. 어김없이 밝아오는 아침에 둘 다 아쉬움을 감추지 못했지만 별은 늘 어쩔 수 없이 돌아가야만 했죠. 저는 낮에도 별을 보고 싶었습니다. 아침이 되어도 아기별과 헤어지고 싶지 않았습니다. 그리고 이는 아기별도 같은 마음일 거라고, 아기별은 말하지 않았지만 저는 별이 하는 말을 들을 수 있으니까요. 저는 결심했습니다.

빛을 품기로.

어김없이 찾아온 아침에 떠날 채비를 마친 아기별을 향해 저는 손을 뻗었습니다. 도망가지 못하게, 사라지지 못하게 꽉 잡아 품에 감추었습니다. 저는 창문을 굳게 닫고 품에 있는 아기별을 조심스럽게 꺼냈습니다. 별은 너무 밝아 제 손 위에 있을 수 없었습니다.

"너는 낮에도 밝게 빛나는구나. 별의 빛은 밤에만 빛나는 줄 알았는데. 항상 너는 빛나고 있었던 거야."

저는 용기를 찾아 그 안에 아기별을 넣고 편안히 쉴 수 있도록 뚜껑을 닫아 주었습니다. 낮은 밝았지만 저에겐 빛이 필요했습니다. 아기 별에게도 제가 필요했습니다. 저는 그렇게 낮에도 빛과 마주할 수 있었습니다.

문득 구름이 했던 말이 떠올랐습니다.

'빛을 품으면 빛을 잃게 된다.'는 그 말, 조금은 불안했지만
저는 괜찮다며 스스로를 다독였습니다. 저는 잠이 든 아기별
을 보고 말했습니다.

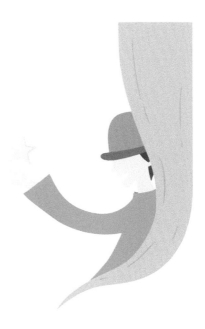

"만약 누군가 내게 왜 너를 놓아주지 않느냐고 묻는다면 집 앞에 심은 망고가 아직은 노랗게 익지 않아서라고 답할 거야."

"만약 왜 익은 망고를 따지 않느냐고 묻는다면 내 눈엔 아직 노랗게 익지 않았다고 말할 거야."

"만약 푸른 바다가 있다면 너를 그곳에 데려가 밋밋한 바다를 반짝이게 해줄 거야."

별을 품은 이후 저는 더 자주, 그리고 더 많이 별과 대화할 수 있었습니다. 저는 늘 별에게 말을 건넸습니다. 별도, 저도 우리는 늘 행복했습니다.

별은 점점 더 빛나갔습니다. 그 속도는 너무 빨라 별과 제가 다른 시간을 살아가고 있음을 저에게 강조하는 듯했죠. 더는 이 작은 용기에 별을 품을 수 없었습니다. 저는 더 큰 용기들을 찾으며 별을 옮겼습니다. 하지만 빠르게 커지는 별의 빛을 더는 감당할 수가 없었습니다. 저는 별을 안아주며 말했습니다.

"더는 빛나지 않아도 좋아. 지금이면 충분해. 더 이상 내게 빛을 주지 않아도 돼."

별은 대답하지 않았습니다. 저는 별에게 다시 말을 건넸습니다.

"너도 너의 의지와 상관없이 빛을 내는 거니?"

별은 그저 빛나는 것으로 대답을 대신했습니다.

어느덧 너무 밝아진 별은 제가 가진 용기들로는 품을 수 없었습니다. 저에겐 더 큰 용기가 필요했습니다.

"별아, 조금만 기다려. 내가 너를 품을 수 있는 아주 큰 용기를 사 올게. 그때까지만 기다려 주겠니?"

별은 아무 말도 하지 않았지만 저는 더 이상 별의 대답을 기다릴 시간이 없었습니다. 저는 곧바로 밖에 나가 별을 담을 용기를 찾았습니다.

"아주 큰 용기를 팔고 있나요?

별을 담을 수 있을 만큼 커야 해요."

"그런 건 팔지 않아. 다른 곳에서 알아보렴."

"여기 별을 담을 수 있는 큰 용기를 파나요?"

"아니, 그런 건 구할 수 없을걸."

저는 집에 돌아왔습니다. 저는 별을 품고 싶었지만, 작은 용기 탓에 아파하는 별의 모습은 보고 싶지 않았습니다.

아기별에겐 아직 제가 필요했습니다. 아직 말을 할 수 없으니까 제가 도와줘야 한다고 생각했죠. 하지만 별을 담을 용기는 돈으로 살 수 없었습니다.

저는 고민하며 별이 담긴 통을 꺼냈습니다.

별은 더 이상 그곳에 있지 않았습니다. 아기별은 사라져 버렸습니다. 용기를 가득 채운 빛을 남겨둔 채.

저는 아기별이 돌아올 거라고 굳게 믿었습니다. 다음 날도, 다음다음 날도 매일 창문을 열고 별을 기다렸지만 결국 아기별은 돌아오지 않았습니다.

'나는 아직 빛이 필요한데….'

별은 대답하지 않았습니다. 저는 돌아오지 않는 별이 미웠습니다. 별은 더 이상 저를 찾지 않았습니다. 이제 별에겐 제가 필요하지 않았습니다. 어두워진 저를 별은 볼 수가 없었습니다.

별이 떠나고 한참이 흘렀지만 별이 남긴 빛은 사라지지 않았습니다. 빛을 볼 때면 돌아오지 않는 아기별이 생각나 괴로웠습니다. 아기별을 보고 싶어서가 아니라, 돌아오지 않는 아기별을 원망하는 제 모습이 너무 싫었습니다. 저는 이 빛을 보지 않기로 했죠.

"미안하지만 나는 너를 잊어야겠어. 이만 내 기억에서 나가 줘. 네가 뿜어내는 이 빛이 내 마음을 아프게 하고 있잖아."

저는 이 빛을 장롱 깊숙한 곳에 숨겼습니다. 그리고 다시는 꺼내지 않겠다고 다짐했죠. 별을 기억에서 잊는 건 생각처럼 쉽지 않았습니다. 저는 다시 창문을 닫았습니다. 굳게 잠가 아무도 볼 수 없도록 검은색으로 덧칠했습니다. 저는 다시 그림자를 찾았습니다. 별이 없는 세상은 너무 외로웠습니다.

어느 날, 짙은 어둠이 찾아왔습니다. 그토록 화려했던 도시의 조명들이 모두 빛을 잃어 캄캄해져 버렸습니다. 저는 사람들에게 물었습니다.

"조명이 아픈가요?"

사람들은 대답했습니다.

"조명은 느낄 수 없어. 그러니 고장 났다고 말해야 해."

사람들은 여전히 저를 이상한 사람이라고 생각했습니다. 하지만 길을 잃어 헤매는 모습을 그저 보고만 있을 수는 없었습니다.

'사람들에게 빛을 주지 않는다면 영원히 아침이 오지 않을지도 몰라.'

저는 깊숙이 숨겼던 빛이 담긴 용기를 다시 꺼냈습니다. 빛은 제가 보지 않는 순간에도 여전히 밝게 빛나고 있었습니다. 저는 대답 없는 빛에게 말을 꺼냈습니다.

"내가 너를 다시 꺼낸 건, 단지 사람들이 길을 잃을까 봐 걱정됐기 때문이야. 이상한 사람들도, 바다를 커다란 물 덩어리라고 말했던 아저씨도 모두에게 빛은 필요할 테니까."

방안을 가득 채운 빛을 보니 별과의 추억이 떠올라 저도 모르게 웃음이 흘러나왔습니다. 그 용기는 제 마음의 깊숙이 박힌 무언가를 녹이기 시작했습니다. 별과의 추억은 아픈 기억이었지만, 제가 별을 미워하는 순간에도 빛은 늘 저를 따듯하게 만들고 있었습니다.

저는 곧바로 굳게 닫혀 있던 창문을 열고 사람들이 잘 보이도록 창가 위에 빛을 올려두었습니다. 점점 도시가 빛을 보기 시작했고, 길을 잃었던 사람들도 집에 돌아갈 수 있었습니다.

'이 큰 도시를 채우기엔 이 작은 용기로도 충분한걸?'

그때였습니다.

별과 함께 지냈던 창가 벽면 위로 희미한 글씨가 보이기 시작했습니다. 어두워지면 더 잘 보이는 글씨, 저는 아기별의 글씨임을 확신했습니다. 그곳에는 아기별이 몰래 써온 일기가 적혀 있었습니다.

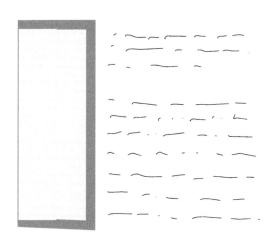

'이걸 보여주기 위해 빛을 남기고 갔구나. 늘 우린 빛으로 대화를 했으니까 말이야. 돌아오지 않는 너를 원망했지만 정작 나는 눈을 감고 있어서 네가 남긴 이 편지를 보지 못했던 거야.'

저는 천천히 빛으로 적힌 편지를 읽어 내려갔습니다.

저는 구름과 매일 숨바꼭질을 했습니다.

구름과의 숨바꼭질에서, 별들이 술래였다는 걸

아저씨는 아마 몰랐겠죠?

뾰족한 별은 늘 동그란 구름을 찾고 싶었습니다.

빛을 가득 품은 구름은 하늘을

새하얀 도화지로 만들어 주었습니다.

뾰족한 세상에서 문득 올려다본 하늘에는

늘 뭉툭한 구름이 빛을 품고 있었습니다.

구름은 늘 산 위에 앉아 있어 쉽게 닿을 것 같았지만

밤이 되면 구름은 보이지 않았습니다.

어둠은 구름을 보지 못하게 별의 눈을 가렸습니다.

구름은 늘 옆에 있었지만 저는 구름을 볼 수 없었습니다.

아저씨는 저를 보고 어떻게 빛을 내느냐고 물었습니다.

저는 아저씨에게 대답했습니다.

"이미 빛나고 있는 걸요."

저는 제가 품은 빛이 싫었습니다.

저의 빛은 보고 싶지 않은 것까지 모두 밝혀 주어야

했으니까요.

아저씨의 큰 손은 때로는 저의 두 눈을 가려주었고,

때로는 창문을 열어 바람의 속삭임을 잊지 않게

도와주었습니다.

저는 아저씨에게 많은 것을 배웠습니다.

글씨도, 세상과 소통하는 법도요.

아저씨는 저를 보며 즐거워했지만

저는 아저씨와 함께라서 늘 행복했습니다.

갑자기 찾아온 어두운 밤도 별과 잘 어울릴 수 있었던

이유는 아저씨처럼 저를 소중하게 생각하는

누군가가 있기 때문이겠죠?

따듯한 아저씨를 만나 차가운 밤도 아름답게 느끼며

마음에 기억된 노을빛을 볼 수 있었습니다.

이젠 제가 가진 빛이 부끄럽지 않습니다.

때론 보고 싶지 않은 것까지도 비춰 마음 아프지만

결국 그 길의 끝에는 밝은 종착지가 있다는 걸 알게

되었으니까요.

더는 억지로 빛을 내지 않게 되었습니다.

그러니 다시 시작된 숨바꼭질이 더는 슬프지 않습니다.

저는 이미 구름을 찾았습니다.

구름같이 동그란 아저씨를 만났습니다.

뾰족한 저를 뭉툭한 구름이 품어 주었습니다.

그러니 이젠 괜찮습니다.

만나지 못해도 우린 항상 함께하고 있으니까요.

말하지 않아도 우린 항상 같은 곳을 보고 있을 테니까요.

사람들이 걷는 어두운 밤에 나타나 길을 내어주고 싶습니다.

아저씨가 준 빛은 너무 커 빛이 필요한 사람들에게

나눠주고 싶습니다.

말하진 못했지만

아저씨의 빛이 제 마음을 비춰줘서

참 따듯했습니다.

고마워요. 구름 아저씨.

별이 제게 준 빛은 작은 방을 환하게 밝혀 주었지만, 빛을 찾기 위해 가졌던 작은 용기는 다른 이에게도 빛을 허락해 줄 수 있을 만큼 크고 반짝였습니다.

굳게 잠긴 유리창에 비쳤던 밝은 밤하늘과 저 스스로 창문을 열었던 그 순간은 영원히 잊지 못할 별과의 추억이었으니까요.

어쩌면 제겐 빛이 필요했던 게 아니라, 빛을 볼 수 있는 용기가 필요했던 걸지도 모르겠네요.

굳게 닫힌 마음의 문이 밖에서만 볼 수 있는 세상의 빛을 보지 못하도록 막고 있었거든요. 문을 여는 건 블랙홀을 그리는 것보다 쉽고 빠른 일이었지만 저는 시도조차 하지 않았습니다. 처음 본 선인장의 가시가 너무 뾰족해 보여서, 상처가 날까 두려워서 물을 주지 못했죠. 가시 사이로 피어난 꽃은 가시로 인해 생긴 작은 상처마저 잊게 할 만큼 아름다웠지만, 저에겐 그 작은 용기마저 없었습니다.

문밖에는 바다가 그저 커다란 물 덩어리일 뿐이라고 하는 똑똑한 어른들로 가득할 줄만 알았거든요.

하지만 꼭 그렇지만은 않다는 걸 알았습니다. 창문을 열어 보니 세상에는 제가 아는 것보다도 더 다양한 빛들이 있었습니다.

개에게는 모든 세상이 흑백으로 보이지만, 사실 세상은 더 아름다운 빛깔로 가득한 것처럼 말이죠.

"이제 집 앞에 심은 망고를 따야겠습니다.

노랗게 익어버렸거든요. 그래야 새로운 열매를

맺을 수 있을 테니까요."

저는 별의 일기 아래로 한 줄을 더 기록했습니다.

"만약 또다시 내게 별이 찾아온다면 그땐 알려주지 않아도
나는 별과 대화할 수 있을 거야."

"우린 앞으로 빛으로 대화하는 거야."

아마 다시 문을 닫지만 않는다면 저에게 책이 왜 싫은지 물어봐 주는 이도 점점 많아지겠지요?

이젠 저도 세상의 다양한 빛의 색깔을 눈에 담을 수 있는 용기가 있으니 말입니다.

제가 책을 싫어하는 이유를 기록해 줘서 참 고맙습니다.

아, 그리고 저의 블랙홀도 아름답게 담아줘서 참 고맙네요.

Mr. P5 씨, 당신은 '훌륭한 사람이 쓴 이상한 책',

아니 '이상한 사람이 쓴 훌륭한 책'입니다.

만약 이 백지를 보고 펜을 잡았다면, 당신도 당신만의

블랙홀을 그려낼 준비가 된 사람입니다.

책을 마무리하며

1987년, 인간의 힘으로는 도저히 막을 수 없는 거대 폭파 사건이 발생했습니다.

이 사건으로 인해 하나의 별이 희생을 당했지만, 이 별이 남기고 간 빛은 오랜 시간이 흐른 지금까지도 사람들의 마음을 밝게 비추고 있죠.

사람들은 이 사건을 이렇게 부릅니다.

'SN1987A'

이는 바로 남반구에서 관측된 '초신성' 폭파 사건입니다. 지구에서 약 16만 광년 떨어진 대마젤란은하에서 발견된 이 별은 길고 긴 수명을 다하고 1987년 끝내 폭파하며 마지막 순간 아주 강한 빛을 남겼습니다.

영원할 것 같던 별에도 수명이 있습니다. 이는 온도, 크기, 질량, 밀도, 에너지 등 다양한 요인에 따라 그 시기가 모두 다른데, 그중에서도 초신성은 지니고 있는 질량과 에너지, 온도, 크기가 모두 커 폭파 시 엄청난 양의 빛을 방출하는 별입니다. 그 밝기는 은하에 존재하는 무수히 많은 별의 밝기를 모두 합친 것보다도 더 강하다고 할 수 있죠. 즉, 다른 말로 표현하자면 초신성은 우주에서 가장 아름다운 죽음을 맞이하는 별입니다.

'우주'를 생각할 때 흔히 사람들은 태양을 먼저 떠올리곤 하지만 우주에는 태양보다도 더 밝은 별이 무수히 많이 존재하고 있습니다. 그 대표적인 예가 바로 우리에게 가장 밝은 별로 기억된 '시리우스(Sirius)'입니다. 우리 몸에는 다양한 원소들이 존재하고 있지만 정작 태양은 헬륨 이외에 다른 원소는 만들어 낼 수 없죠. 이 역시 별이 끊임없이 생성과 소멸을 반복하며 우리에게 선사한 것들이라고 할 수 있습니다. 태양도, 그리고 지구도 이러한 과정을 통해 생성된 하나의 별입니다. 지구는 말 그대로 '별의 기록'인 셈입니다.

놀라운 점은, 초신성은 폭파하는 것으로 그 운명이 끝나지 않습니다. 초신성의 빛은 죽음 이후부터가 시작이라고 해도 과언이 아니죠. 폭파하며 방출된 초신성의 잔재들은 수만 년, 수십만 년간 서서히 퍼져나가며 우주에 아름다운 불꽃놀이를 선보입니다. 그뿐만 아니라 퍼져나간 초신성의 폭파 후 잔재는 우주를 떠도는 또 다른 원소들과 합쳐지며 제2, 제3의 새로운 별들을 탄생시킵니다. 별의 마지막 순간일 수 있는 초신성 폭파는 별의 죽음과 동시 새로운 별이 탄생하는 매우 신비한 순간인 셈입니다. 어쩌면 1987년 폭파했던 SN1987A 별도 지금은 새로운 별들은 탄생시키고 있을지도 모르겠네요.

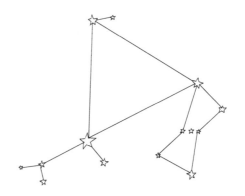

사람이 넓은 우주를 이해하기엔 한계가 있습니다. 그럼에도 불구하고 이 세계를 알아내기 위한 단서가 하나 있다면, 바로 '빛'입니다. 빛은 우주로부터 오는 정보를 인식할 수 있는 유일한 수단이거든요. 넓은 우주에서 빛은 가장 빠른 속도를 자랑합니다.

이 세상의 모든 물체는 이미 빛을 가지고 있습니다. 그 밝기가 다를 뿐이죠. 하지만 사람의 육안으로 인식할 수 있는 빛은 매우 한정적입니다. 망원경을 통해 관측하는 우주의 신비한 모습도 실제 더 다양한 색을 가지고 있죠.

깊은 비밀의 연속인 우주와 이를 파헤치는 유일한 단서, 빛. 어쩌면 사람들이 빛을 찾는 이유도 이 때문일지도 모르겠네요.

다만 한 가지 확실한 건, 빛은 우리가 찾지 않는 순간에도
늘 함께하고 있다는 점입니다.